KB196407

체리 핑크 맘보

정주연 시집

체리 핑크 맘보

달아실기획시집
39

보조 용언과 합성 명사의 띄어쓰기 등 본문의 맞춤법은 시인의 의도에 따른 것임.

방심하다 급히 깊어진 가을이
뒤뜰 가득하다.

이해의 다른 이름이 사랑이라고
시성詩聖 타고르가 말했다지요.

시집을 다시 엮으며
어김없이 붉어지는 마음 한 조각
詩라는 거울 앞에 나를 비추어본다.

젊은 나와 늙은 내가 별 갈등 없이
어깨를 기대곤 환하게 그저 한번 웃어보자는 화해의 이중주
나는 얼마나 천의무봉天衣無縫한 시詩에
이해가 깊어졌을까?

그 흔하고도 귀한 사랑이라는 이름,
속 깊은 목숨에
부끄러움이 줄어들도록
더 낮은 목소리에 귀를 열고 싶다.

2024년 가을
자향천리 뒤뜰에서
정주연

차례

체리 핑크 맘보

2부

4부

1부

라일락, 락 락

어디선가 스며드는 황홀한 향기
정색하고 맡으려 하면 뒤꽁무니를 빼는
내가 잘 아는 꽃냄새인데 알 수가 없었다.

벚꽃이 시선을 온통 사로잡고 있어서였는지
보이지 않는 마당 귀퉁이에 서 있어서였는지
까맣게 모르고 있었는데
라일락, 락 락

향기의 정체는 늙은 라일락 나무였다.
혼자 쓸쓸하게, 아님 기쁨으로였을까?
몽울몽울 꽃잎을 피워
소리소문없이 향기로 말을 걸고 있었던 거다.
보라색 꽃송이가 자기 존재를 확인시키려
꿈속에서도 몸을 뒤채며 요란을 피운 걸까?

나도 따라 싱글벙글 반가워 웃다가
한 울타리 안에서도 눈길을 주지 못한
무심과 나태가 뒤돌아서며

오래 비 내리지 못한 메마른 마음 밭이었음이
황사 바람 속에 도드라져 보인다.

거실 창가에 늘어선 꽃 분들도
다 함께 락, 락이다.

그거 아세요

그거 아세요
보슬비 내리는 여름밤
쏟아져 내린 어둠 그 등 뒤에 숨어
하마 하늘길 망명 중 별들 씨앗이 익어
별똥으로 떨어져 내린다는 거

그거 아세요
7월 깊은 밤 아무도 모를 때
푸른 섬광으로 밤하늘을 가로 그으며 떨어져 내린 유성
거기 하얗게 타버린 빛의 보석 가루들이 솔솔 흘러내려
저 수국 잎새 치마폭 위에
소복소복 무리 진 꽃으로 피어난 거

그거 아세요
별들의 씨앗, 그 눈물 입자들이
방울방울 모이고 고여와 빈방마다
천 개의 속 빈 꽃으로 수국 수국 피어난 거

그거 아세요

수국꽃의 신원

지독하게 사랑하지만 언제나 마음은 비어 있다는 것을

들국화

그 남자
이젠 오십 대로 들어서는 택배 배달원이다.
밤새 삼십 대 분량의 택배 상자를 내리고
새벽에 퇴근을 한다.

동료가 단잠에 들어 있는
원룸에 들어 라면을 먹는다.
노모는 요양원
아내와 두 자녀는 처갓집으로 갔다.
세상은 그저 무심할 뿐 춥지도 덥지도 않다.

길가 보라색 들국화
노란 꽃술에 매달린 꿀벌 한 마리
송금해야 할 일당에 골몰해
외줄타기 흔들리는 몸을 내맡기고 있다.

가을 햇살이
조금 서늘해져 있다.

초여름

봄꿈에 젖어
공중그네를 타고 있는 그녀의
헐렁한 겉옷 속에는
두 팔과 다리를 길게 늘어트린
간이침대가 들어 있다.

잠속에서 풍겨오는 향 비누 냄새
하늘은 시냇물처럼 하얗게 흐르고
채마밭 빨간 방울토마토엔
단물이 오르고 있다.

그네에서 내려온
원피스를 입은 초여름 저녁이
천천히 코발트블루로 퇴장하고 있다.

명랑한 노을

하루가 멀다고
친구는 산책길 노을을 찍어 톡 방에 올린다.

주제는 노을의 모습이지만
고목도 나뭇잎도
산 그림자도 의암호수도
배경이 아니라 주연이라고 화살표가 그려지는
오늘의 노을은 경쾌한 배경음악을 따라
명랑하게 띠니고 있다.

저렇게 질 수도 있다니―

엄마 얼굴처럼 작아진 동그란 햇님이
마른 나뭇잎 사이로
고목의 팔뚝 뒤로 얼굴을 숨기며 놀다가
검은 산정 뒤로 꼴딱 넘어가며
호수를 잠깐 물들이는
친구의 노을 사진

때로는 승화된 아픔이 해학처럼
명랑이 되어 저녁을 먹는다.

체리 핑크 맘보

핑크, 핑크한 진달래가
뒷산 능선을 따라 우리 집 마당까지 살포시 들어서 있다.
창경궁 늙은 매화며
엉덩이를 살짝 내민 듯한 윤중로 벚꽃들이

정오의 부서지는 햇살 아래
느닷없이 트럼펫을 앞세워 꽃핀 동네 중심으로
체리 핑크 맘보가 공중에서 쏟아진다.

누구도 얼굴을 활짝 펴 웃지 않는 이가 없는
가슴은 앞으로 내밀며
엉덩이는 슬쩍 빼는 춤사위
저돌적인 듯 거침없이 들이대는 체리 맛 리듬이

바야흐로 봄이라고
젊은이는 성급한 몸짓으로
늙은이는 아릿한 가슴으로 새하얗게 밀려든다.

맘보 맘보

체리 핑크 맘보~

노랑 풍선

노란 햇살 아래
샛노란 은행나무 잎들이 가을비로 내리고 있다.

늦은 점심을 먹고 난 노곤한 오후
아파트 입구 도로에
노란 유치원 버스가 멈추고
버스 문이 열리자 노란 원복을 입은 꼬마들이 줄지어
내린다.
"선생님 안녕~"
노란 선이 그려진 보도를 건너가며
꼬마가 손에 쥔 노랑 풍선을 놓쳐버렸다.

병아리 솜털처럼 따스한
노랑 망토 속에 숨어 돋은 날개가
간질 간질
오색 비눗방울처럼 하늘로 오르고 내리는

가. 을. 날. 이네.

봄 내려온다

밤새 봄비가 흠뻑 내린 아침
눈부신 햇살에
운무로 피어오르며
빛나는 앞산 대룡 뒷산 금병에선지

곱게 갈린 텃밭 위로
수직으로 날아와 앉는
몇 마리인가 까마귀 떼가
일제히 까악~ 외마디 소리를 지른다.

생강나무 노란 꽃이 피어 있고
뒤따라 진달래가 핀
산비탈을 쳐다보는 듯
거름더미로 주춤주춤 옮겨가며
외치는 소리

봄 내려온다
봄 내려온다~
얕은 계곡물도 덩달아 목청을 높이고 있다.

변신 라면

첫사랑도
지나간 사랑도
다시 불러올 수 없는 슬픔이
우두커니 무거워진 밤이면
갑자기 라면이 먹고 싶다.

국물을 다 마시고 나면 쓰려지는 위장과 그 마음이
얼싸안고 울고 싶다는
암암리에 무엇이 통하는지
매콤한 신라면에 울적한 감정 대신
신김치 국물 한 수저
미련처럼 떡 몇 조각
지나간 건 독하게 잊자고 청양고추까지 송송

밤중 아무도 모르는 비밀로
혼자 라면을 끓여 먹는 이유일까
아무튼 외로움이 깊어 허기처럼 사랑이 고플 때
라면은 인스턴트 사랑인지도
그때 그때 대용품이 난무하는

편리하고 영악한 세상이 주는 중독된 양식
슬픔의 변신 라면

만인이 서랍 속에 숨겨둔 사랑
라면 한 봉지의 위안

읽는다

투명한 봄날이 오월을 읽고
오월은 사월과 6월을
6월은 여름을 읽는다.

나는 그대를 그대는 나를 읽고 읽히는
우리는 지금 바람을
바람은 세상을 샅샅이 읽고 있다.

세상 읽히지 않는 책과 비밀이 어디 있으랴.

아무리 우물이 깊다 해도
내 마음은 당신의 거울 속에
네 마음은 나의 거울 속에
물처럼 비친다고 성서는 말하고 있다.

오월을 읽어주는 산책길
강아지는 한참 흙길을 읽느라고 그 짧은 다리 보폭이
늘었다 줄고 멈추다 다시 걷곤 한다.

나는 이 녹음 속에 숨은 詩를 읽어야 하는데
사방이 무르익은 봄이건만
길가 벤치에서
아리송한 저녁을 맞고 있다.

비둘기는 올리브 잎을 물고 오지 않았다

그 하루가 지나고
노을 저쪽 숲을 지나자 비가 내렸다.
한생의 사랑과 운명을 들려준 빗줄기
하늘을 쳐다보면 무지개가 뜬다고
거짓 희망을 노래했지만
나는 말없이 믿고 받아들이기로 했다.

보물도 그렇다고 돌도 아닌 그 노래를 안고
그저 눈을 감아보기로
빗물에 흠뻑 젖어 홀로 견디기로 했다.
사흘 밤낮이 지나도 비둘기는 내게 올리브 잎을 물고
오지 않았다.

저 산을 넘으면
그 강을 건너면
햇살 찬란한 어느 하루도 있으려나
누군가의 젖은 노래를 따라 걸어보는
오늘 이 길
더 이상의 인생 방주는 없는 거라고 풀꽃이 흔들린다.

눈을 뜨면
다만 이 하루 살아 있음만 노래할 수 있을 뿐이라고
언덕 굽이를 지나가며
새들이 내일의 해를 안고 날아오른다.

감사 카드

보험사 연말 감사 카드

* 감사한 마음
 늘 함께해주신 고객 여러분의 한결같은 사랑에
 깊은 감사를 드리며 M사 임직원 모두는
 혼연일체가 되어 앞으로 더욱 정성 어린 마음으로
 고객을 섬길 것을 약속합니다.

무심코 카드 내용을 읽다가 순간 오싹해지는 마음
무얼 이루려면
이윤을 위해서는
일용할 양식 값을 위해서는
이렇게 무서운 각오
혼을 걸어 연대해야 하는구나.

세상을 쉽게 보지 말라
산다는 건 매일매일 목숨을 거는 일임을
잠 깨우는 한 장 꽃무늬 경고문
나는 하찮게 이 조그만 카드를 쓰레기통에 넣었다.

어디선가 묵직한 생의 압력이
어깨를 주무른다.

겨울 저녁 바다 이야기

봄을 숨긴 남해 겨울 바다

잘생긴 금목서 나무 벤치 아래
흰 매화 꽃망울이 터질 듯 통통해져 있는데
아까부터 하염없이 회한에 젖은 듯한
아직은 장년의 노신사 중절모 아래 은빛 귀밑 머리칼도
바람에 날리는 바바리코트 자락도
노을빛에 물들어 장엄한 풍경이 되고 있는데

그는 이 바닷가 마을에 무언가 인연이 있었던 것만 같다
사랑했는지
아파했는지

황금 연못으로 물드는 잔잔한 파도의 물이랑을 따라
발밑에서 찰랑이는 썰물 소리
모래 물거품으로
시간의 수첩 속에서 뜯겨져 내린 빛나던 생의 페이지들이
흰 배를 들어낸 물고기 떼처럼
한 무리의 갈매기처럼

이제는 저무는 밤바다의 검은 파도를 타고 있다.

빼꼼히

황사가 짙게 내린 아침
날씨도 꾸물대 늦잠을 잤다.

커피를 마셔도 기운이 나지 않는다.
아침밥도 거르고
오랜만의 친구 약속도 취소했다.
습관처럼 공지천을 걸어보는데
뚝 길엔 개나리가 피어 샛노랗다.

무심코 내려다본 발아래
청태 낀 얕게 고인 물웅덩이
잠시 비친 햇살에 반짝한다.
그 모습 때문일까?
이유도 없이 밑도 끝도 없이
치밀어 오르는 울화

청태처럼 풀어진 남편과는 싸울 수도 없다.
그렇게 고인 물이 반짝이다니
햇살의 조화가 밉살스럽고 어이없어

다시 노려보는 내 안의 지옥이
봄날 뒤에서
빼꼼히 얼굴을 내밀었다.

나의 밤나무

그럴 수밖에는 없었어요
그럴 수밖에는

온 동네가 떠들썩 소문이 나도록
미치고 진한 사랑을 했으니까요

이 연애의 결실은
아픈 가시로 내 가슴을 찌를 줄을 예감해왔어요
새파란 풋열매 때부터
눈독을 들이는 이들을 탓할 수만은 없다는 건

늦은 가을날
내 붉은 가슴이 스스로 열려서
잘 익은 알밤을 풀밭에 떨어뜨리기까지
비로소 뜨거운 용서의 눈물이 비옥한 거름이 되기까지

그럴 수밖에는 없었어요
그럴 수밖에는

내게 다가오는 모든 이를 따갑게 찌를 수밖에는요

달팽이처럼

언제부터 알게 되었는지
느린 걸음으로 닿게 되는 비밀

처음과 끝이 서로 같지 않고
서로 닿지 못하고 흘러가버리는
너와 나처럼

또 무엇이 되어
어느 상을 기슭러오르려는지
비 그친 도로 위로
말랑말랑한 두 뿔을 세운
달팽이가 기어가고 있다.

2부

미스 킴 라일락

봄 햇살의 재촉으로
동구 밖 꽃집 나들이에서
미스 킴 라일락을 보게 되었다.

좁쌀만 한 꽃잎들 속에
어찌 그런 짙은 향이 숨어 있을까.
이름도 향기도 지나칠 수 없어
새 화분을 마련
내 집 테라스로 모셔 왔다.

요 조그만 미스 킴은
원래 우리 꽃인데
어쩌다 미국산이 되어
지금은 로열티를 주고 수입을 한다고

순이, 그녀
그 먼 타국에서 떠돌다
미스 킴이 되어 돌아온 내력을 꽃핀 얼굴에서 읽으며
이 꽃은 또 하나 나의 딸이 되었다.

다른 어떤 꽃보다 예쁘고 측은한 딸
바람결에 살짝 살짝 실려 퍼지는
매운 향기

미스 킴 라일락

산과 남자

산은 늘 거기 그 자리 붙박이로 서 있었다.
움직이지도 소리도 없었다.
매일 바라보는 그를 그렇게만 알고 있었다.

그러나 산정의 이마 위로 하루 해가 떠오를 때
유난히 붉은 노을을 남기며 해가 질 때
여름비가 오래 내린 아침 운무 오를 때
골짜기를 흘러내려 불어난 작은 호수
산의 눈동지
그 위로 파문이 일 때

아무도 모른 채 산도 푸르게 출렁이는 걸
그즈음에야 나는 알았다.
산새가 잠든 깊은 밤에는 무겁게 돌아눕는다는 걸
눈을 뜨고 감으며 그가 살아 있음을 몰랐던 시절
나는 행복한 줄 알았었다.

천둥 번개가 쳐도 그 자리에서 벼락을 맞아도
한 발자국도 물러나지 않은 것은

그의 이름이 산이었기 때문인 것을
그 품을 떠난
더는 오를 수 없는 그저 산이 된 지금

겨울비 내리는 이 저녁
나는 편안해졌지만
이젠 행복하지 않은 걸 숨길 수가 없다.

공밥

고된 산행 끝 백암산 법흥사에서
부끄럼 없이 얻어먹은 밥

일면식도 없지만 묻지도 따지지도 않고
요사채 마루 위로 올라서면
김이 오르는 망초 된장국에 따듯한 부추 고추장떡 부침개
오이지무침과 가지나물
하얀 쌀밥 한 그릇

청정 표 공밥은
주는 이도 받는 이도 말없이
그저 두 손을 가볍게 모은 잠시의 눈인사가
유일한 밥값이다.

나도 없고 너도 없는 일용할 한 끼 밥의 평화
어떤 수고도 일상 공空으로 돌리며 짓는
무색무취 공양주 보살의 눈웃음
공밥의 정석을 읽으며
보시행의 도를 훔쳐보는 칠월칠석날

산문 밖을 나서는 발길마다
평생 피땀으로 지은 공밥을 기꺼이 내주신
내 어머니 민무진원 보살님의 환한 얼굴이
푸른 숲 향기가 되어

한결 순해진 내 등 뒤를 따라오고 있다.

밥들의 수다

구름밥 한 덩이 흘러간다.
쳐다만 봐도 배불러 스르르 잠이 온다.

구름밥은 누가 좋아하는 밥일까?
등대밥과 파도밥이 수평선 따라 밀려와
함께 먹자고 한다.

맛도 냄새도 다 다른 밥이어서
님의 밥이 머고 싶다고 하는데

새벽 이슬밥처럼 수고한 밥은 없다고
눈물밥이 눈시울을 붉히자
라일락이 밥숟가락을 놓는다.

침묵하던 눌은밥이
땀의 밥을 데리고
조용히 문을 열고 나간다.

가을 국악 한마당

앞산 단풍나무 오솔길

잡티는 다 걸러낸
붉은 벚나무
노란 계수나무
자색의 느티나무
저마다 절창을 뽐내고 있다.

세상 모든 빛들이 문을 열고 나와
아침부터 장단을 넣고 나뭇잎들을 비춰주고 있다.

가을 잎을 줍고
사진을 찍어 간직하는

한생을 더 붉게 살아낸 명창들이
꽃비처럼 내린 낙엽을 우르르르 몰고 있다.

가을 연못

오늘의 일과

햇살 아래 깃털을 고르던 젊은 오리 부부
뒤뚱뒤뚱 새끼들을 줄 세우고 연못으로 간다.
풍덩 가을 속에 빠진다.

황금빛 수면 위로 큰 물이랑
뒤이어 작은 새끼 물이랑이 줄지어
동그리미를 그리며 따라간다.

내일을 잊은 나무들도
온 마음을 다 가을에 내맡긴 채
조용히 옷을 갈아입었다.

옆집 부부는 싸움을 할 때마다 아이가 생겼다고
그런고로 태명이 화해 신비였다나
오리 부부도 새끼들 수를 보면 부부싸움 꽤나 했나보다.
자식들 이름은 아마 가을이 아닐는지
가을 1

가을 2…

대답 대신 어미 오리가 수면 위에 그린
? 마크의
가을 연못

느티나무

사시사철 언제 바라봐도
말없이 믿음직스러운 저 나무

아마도 내가 이 집으로 이사를 오게 된 것은
이 나무의 부름이 아니었을까?
보호자가 없는 내 모습이 염려스럽다고
마당 끝 대문 도로변에서
늘 긴 팔을 너울대다가 눈이 마주치면 싱긋이 웃는
오고 가는 길손을, 온 동네를 다 품고 있다

내 남자
젊은 느티나무가 아니어서
이제 그리운 비누 냄새는 나지 않지만
가지의 길이만큼 뿌리의 깊이만큼
넓은 쉼터를 내주고 있다.

내 가슴에는 두 사람도 아니 단 한 사람도
깊이 안아줄 품이 없는 걸 알면서도
결코 나무람이 없는

말없이 기다려주는
언제나 그 자리에 있어 주는 저 나무의 품

푸르르다가 자색으로 마르다가 앙상해지면서도
눈보라 삭풍을 안는다
누구에게나 어디서나 품이 되어주기 위해 우뚝한
저 느티나무
그 때문에 그래서 나는 이 집을 떠나지 못하고 있나보다.

아시나요

나무들이 쭉쭉 뻗어 하늘까지 오르려는
저 필사 의지를
아시나요?

가을이 익고
하늘가 나무 끝에 그려진 하트 시그널
이 하나의 그림을 그리기 위해
물이 오를 때마다 솟구쳐 오른 열망이
맘없이 휜 붓을 들게 했는지
고개 높이 쳐들어 하늘을 보면 환히 보인다.

나만의 것이 아닌
모든 이의
목숨 붙은 만물은 다 향하고 원하는 것
나무들이 함께 그린 색이 빠진 하얀 하트 문양

깊이 모를 쪽빛 하늘
가까운 듯 먼 하늘에서
하강을 준비하고 있다는 거

아시나요?

아시나요.

당신이 김치찌개로 돌아오는 날은

찌개를 좋아하던 당신
최전방 두메산골의 겨울은
이렇다 할 먹거리가 없었다.

콩밥에 김치찌개 두부조림이
그 시절이나 지금이나
내 몸을 지탱해준 근간이었는데
어둑해지는 부엌
저녁 밥상은 간결했다.

그의 입맛과 영양가를 생각하며
신김치를 대충 썰어 넣고
그의 무쇠 팔뚝 근육을 닮은 돼지 사태 살과
고추장, 진한 김칫국물 한 스푼
우유를 넣고 중불에 푹 끓인다
먹기 직전 신선한 풍미의 대파 송송
정신 차리자고 화끈한 청양고추 약간
건더기는 부드러울수록 국물은 진할수록 좋다.

그 옛날 우리 사랑은 조금은 가난했지만
인공 감미료가 필요치는 않았다
당신이 다시 김치찌개로 돌아오는 날
두 눈 가득 눈물이 흐르는 이유는
그 시절이 매워서가 아니다.

다시는 맛볼 수 없는
둘이서만 끓일 수 있었던 묵은지 김치찌개의 맛
지나간 그 생명의 맛 때문이다.

나 죽으면

마지막 고갯길을 힘겹게 걸어갈 때
너는 젖은 눈으로 지켜보겠지.

얘야, 내 서재에 들어가
음악 CD를 틀어다오.
귀는 열어놓았으니
슈베르트의 겨울 나그네를 그중에도 보리수를
한두 번 더 들려다오.
라흐마니노프 피아노 협주곡 2번도
브루흐의 바이올린 협주곡도 멘델스손도
내가 좋아하던 음악을 볼륨 높여 들려다오.

밤이 오면 구음 살풀이 춤곡
태평무 음악도 쑥대머리도
나는 춤을 추며 느리게 사라지련다.

어느 산 서늘한 바람골
가을 보랏빛 들국화가 지천으로 피는 그곳에
내 머리를 누이게 해다오.

나는 폭풍우 속의 작은 새였지만
살아온 시간 모두가 봄이었음을 가벼이 고백하련다.

안녕히-

염전과 낙조

어떤 찍사의 기막힌 사진술일까
서해 포구 염전 위로
쏟아져 내려앉은 잘 익은 주황빛 낙조의 황홀

일순에 가련한 이의
한생을 말없이 사로잡았다.

소금창고 뒤로
이 소금 바다 짜고 쓰린 고독이 피워낸 꽃이라고
노란 산국과 자색 들국화가 흐드러지게 피어 있다.

이 지구별 바닷가 풍경들은
끝과 깊이를 알 수 없다고
갈매기 몇 마리
해풍에게
파도에게 끼룩끼룩 떠들어대고 있다.

자체 발광

연두가 초록으로 뛰어가는 들판 끝
부서지는 햇살 아래
그토록 새하얗게 웃고 있는 찔레꽃

그 향기는 자체 발광 이어서
누구도 흉내 낼 수가 없다.

무심한 발걸음을 불러 세운
마법의 저 향기

봄 들판의 빛나는 보시행

포장마차

카바이드 불이 희미한
썰렁한 포장마차

어묵 국물이 근심처럼 졸아들면
실연에 혼술을 마시며
자주 머리통을 감싸 안는 젊은이
여주인은 말없이 국물을 추가해주었다.

늘어난 수주병이 새파랗게 별처럼 빛나면
그믐달도 기울어 술판은 끝이 나고
더는 견딜 수 없어

하얗게 쌓인 눈밭
청년은 말을 타고 하늘로 올라간다.

매기의 집

해가 뜨고 지는 모습은 너무 닮아서
어느새 구별이 부질없어진

아침나절에도
하얀 뭉게구름이 문틈으로 새어들고
시도 때도 없이 온종일 퍼져 흐르는
주름진 붉은 노을이 창문마다 기웃대는데
거실엔 오래 묵은 조각난 시간이 소파 위에 앉아 있다.

현관문은 닫혀 있어도 열려 있어도 그만
문패의 의미도 없어져가고

푸릇푸릇한 소망도 파랑새처럼 날아가버린
흐린 안개만 자욱해지는 매기의 집
저 오솔길 너머

허무가 사는 하얀 집 한 채

휠체어 위에 무릎 담요만 따듯하다.

내 안의 베수비우스

그는 내 안의 화산이었다.

세상이 장미향으로 축복하고 있다고
눈멀고 귀먹었던 청춘 시절

그 안에 용암을 품고 분화구가 열린
베수비우스 화산과 혼인을 했다.

삼백육십오일 연기가 새 나오고
불길이 용솟음치는
바다에 빠져 나비처럼 날개가 젖은
그 여자

필사의 탈출은 무모한 헤엄치기였으나
그 검은 바다에 시체로 가라앉기 전
생명은 화산보다 힘이 세었다.

화산재에 파묻힌 그녀의 세상은
몇 개의 어둔 동굴과 그 밑에서 솟아난

연못과 샘물로 살아남았다.

베수비우스가 무너지고
내 생의 어느 날 또 다른 지진이나 해일이 온다 할지라도
나는 안전할 것이다.
그 뜨거움과 유황 불맛은 이미 알고 있으므로
나는 여일할 것이다.

3부

설거지하는 여자

평생 설거지를 해온 그 여자

오늘은
엄마, 어머니란 버거운 그릇을 씻었다.
눈물 비누가 많이 필요했다.
어린 시절 옆집 순이를 비롯해 시작한
비밀의 설거지

육친에게 눌어붙은 마른 밥풀때기
남편은 오래 물속에 담고 불려야 했다.
잠들기 전 지나치는 모든 사람
스쳐가는 바람도 씻으려 했다.

맑은 물로 꼼꼼히 여러 번 헹구어내는
남모를 기쁨
세상 모든 무거운 그릇을 씻는
가녀린 그녀의 큰 손

아무도 모르지만

누가 시키지 않아도
세상의 어머니가 되어
설거지하는 그 여자의 마디 굵은 손
오늘은 햇살에 실핏줄도 드러나 보인다.

일란성 쌍둥이 마녀

얼마 전 노을이 타는 강물 속에서
눈물로 건져 올린 내 안의 그녀

봄꽃 향기가 아지랑이로 흘러가고
단풍잎이 뒤따라 떠내려오면 그 뒤론
눈꽃들이 익사체로 가라앉는 저 시간의 강물 소리

오백 년을 더 살면서도 떠나지 못하는
내 일란성 쌍둥이 마녀
그녀는 살아도 살지 못했고 죽어도 죽지 않은 내 인의
원귀

먼 북 대황을 떠돌아 밤마다 칼춤을 추지만
아무도 베지 못하는
달빛 속에 새하얗게 부서지는 칼날은
그녀 자신만을 찔러왔다네.
그녀는 사랑에서 왔기 때문이네.

그리움이 어쩌다 달무리로 찾아 나서면

별들은 일제히 등을 돌려 외면했지.
내 비밀의 정원에 잠든 그녀
가끔 천년의 고독이 깨어나 울곤 한다네.

동그랗게 발광한 아픔의 저주 시간이 다 차오르면
질투한 별자리 그저 물 없는 모래밭이면서 떠돈
오색 유령들 다 쓸어버릴 것이다.

캄캄한 밤중 부른 배를 안고 산통에 바다로 쫓겨나는
땅 위의 악인들은 다 쓸어버릴 것이다.
짓밟아 뭉개버릴 거라고
바르르 주먹 쥔 손을 떨고 있다.

봄의 전쟁

겨울 난민들이 떠나고
땅 밑에서 북소리 둥둥 울리더니
그 자리 삐죽 뾰죽 젖은 씨앗들이 터져 나오고
초록을 실은 트럭들이 줄지어 지나간다.
들판은 아직 점령군 아지랑이가 채우고

어디에서 수류탄을 품고 온 세작처럼
하나의 꽃잎이 문을 열고 나오자
나무들은 창마다 등불을 내걸고
모든 꽃들이 일제히 팝콘처럼 튀어 올리
언덕 사방이
꽃바다 피바다가 되었다.

색색으로 물든 빨강 노랑이
분홍과 자주가
비 오듯 쏟아져 나와 지천으로 나뒹군다.
꽃의 뒤안길을 따라 달려온
지친 바람이 소리 높여 외치고 있다.

이 봄의 전쟁이 끝나고
스러져 간 소년병
그 봄꽃들이 진 자리마다
조롱조롱 풋열매들이 귀여운 얼굴을 내밀고 있다.

가을

간다고 가을인가요?
와보니 가을인가요?

풋것들 익히고
열매를 거두고 나면
깊이깊이 당신이 물들어 낙엽 지고 있다고

우리 이제 이별을 위해
가진 것 다 털어 빨갛게 노랗게
가을 잔칫상에 올려놓은 성찬을 보면
붉게 붉게 실컷 울고
노오랗게 춤추며 떠나겠다는 속내인가

갈무리한 것 아낌없이 다 내어주고
유언도 조용히 접은 두 날갯죽지
푸른 하늘만 높아져
갈 길만 멀어지더니 가을이 간다.

달밤

시골집에 홀로 사는 늙은 어머니
툇마루에 나와 앉아 저녁밥을 드신다.

초승달이 떠 있으면
'애들이 바빠지려나?'
반달이 뜨면 반쯤 웃으시는데
아까부터 담장 밑 길냥이 녀석만
할머니 기색을 살피고 있다.

진종일 꽃모종 심기에 골몰했던 짧은 하루
벚꽃잎이 떨어져 하얀 골목길이 궁금해
서둘러 방문을 열어젖히면
어느새 달무리 진 만월이
지붕 위에서 늦은 저녁 밥상을 비추고 있다.

알을 품은 작은 멧새 둥지도
새 시트를 갈아 끼운 침상 위에도
살며시 달빛은 고적한 집마다
환한 안부를 묻고 있다.

그대에게 가는 길은

그대는 사거리 천변 다리를 지나고
작은 저수지를 바라보는
가난한 집들이 다닥다닥 붙은 모퉁이 집에 살고 있다
천천히 걸어가도 이내 파란 대문이 보이는
지척의 거리이지만

그대에게 가는 길은
꼬불꼬불 구곡양장이다
장님이 코끼리를 만지며 진단하듯
게놈 지도를 더듬어 뇌 속 회로를 사진 찍는
그뿐인가 삼생이 얼크러진
지난한 길이란 걸 알았든지 몰랐든지

외딴집 독거노인의 뒷마당 감나무엔
따지 못한 감들이 근심에 젖어 있고
땀 흘리며 한 떼의 자전거 부대가
구비 진 언덕길을 오르고 있는데
고장 난 신호등처럼 깜박이는
아침에도 저녁에도 사념 속에

짧은 목을 길게 늘이는

그대에게로 가는 이 길은

너를 생각하는 날

봄눈이 가만히
큰 절 마당에 들어와
탑돌이 하는 저녁

공양 연기는 흩어져 사라지고
혼자 우는 풍경이
간간이 너를 불러온다.

묽어는 하늘 바다를 헤엄치고
눈처럼 소복을 입은 여인은
백팔배로 번뇌를 끊으려 엎드려 빌지만
독경 소리는 끝없이 또 너를 부르고 있다.

천수관음이 법당을 내려오고
귀가 큰 부처 앞에서
오층탑이 하늘로 오른다.
요사채 뒤뜰 우물 속엔 꽃뱀이 살아
땡중은 불을 싸질러버렸다.

화염 속에서도 너는 사라지지 않았다.
멀리 있다고 먼 사람이 될 수 없는
등신불
너를 생각하는 날

찔레꽃

그녀 이름은 바람도 몰래
가만히 불러줘야 해요.

그 하얀 미소
향기는

숨겨도 숨길 수 없는
낮추어도 낮추 아니 보이는 순정한 꽃

곧추서지 못해 무너져 내린
천변을 기어오르며 품은 가시는
거슬러 올라가면 분명 귀한 피가 기른 항거라고

나는 꽃이다.
너도 꽃이야.

쏟아져 내리며 부서지는 햇살
한낮 개울가 뚝방 가득 시리고 부시게 피어
가만히 가슴을 찌르는 꽃

찔레꽃

감이 익을 때까지

비요일 가을 아침
텅 빈 들판 뒤
만추의 고뇌에 찬 나무들은 침묵에 들어 있다.

까치들의 독식을 막으려
십여 일 전 수확한 주홍 감들
언제 익어 달콤한 홍시가 되려는지
베란다에 들여놓은 채반의 감들은

아직 한 개도 익을 기미가 보이지 않고
오늘도 '기다려'라는 대답뿐인데
병아리를 채가려는 구렁이처럼
남몰래 살며시 침샘이 차오른다.

이 가을이 다 익을 때까지 기다리면
초겨울 아침
주홍 감들은 온몸을 빨갛게 해체시킨
달콤한 홍시로 공양될 것이다.

기다리는 시간도
홍시처럼 달콤해지기 시작하는
가을 아침의 소소한 즐거움
비요일의 작은 삽화

겨울 나그네

겨울을 재촉하는 빗줄기 주르륵
이별이 점점 길어만 진다.
지난 사랑은 잊을 수 없다고
안개 낀 아침이 소리죽여 울고 있다.

이불 속에서 몰래 바라보는
흥건히 젖은 눈자위
사랑이 끝나면 겨울 나그네에겐 죽음이 가깝다고
눈밭에 찍힌 외로운 발자국마다
흘러내린 눈물이 뒤따라가고 있다.

그 화려한 봄날의 꿈과
여름날 숲속 푸르른 노래를
어찌 잊으라고

모퉁이 언덕길을 돌아가는
등 굽은 중절모 사내
그 시린 어깨에 내리는
슬픔 잦아든 하얀 눈송이.

복장사

복장 터진다며
하얀 허리띠를
이마에 매고 사시던 상 할매
어김없이 굽은 허리가 땅에 닿을 듯해도
영감 아들 줄줄이 온 가족 영가를 모신
그 절에 가신다.
뭔 복인지, 상 위에 가득 넘친다는 사찰
복장사

6·25 수복 후 아궁이 가에 나란히 앉은
아비와 아들 조무래기 3남매
짚검불 땔감 속에 숨어 들어간 불발탄이 터졌다.
보리쌀을 얻으러 친정 간 갓 서른 젊은 에미였던
그녀는 불시에 가족들을 몰살당하고 혼자 살아남았다.
할머니를 싫어하는 공양주 보살 사투리로
복장사가 복상사가 되었다고
눈살을 찌푸린다.

떠난 것은

단풍이 졌다고
그가 떠났다고
다 가고 없는 것은 아니다.

떠난 것들은 떠난 대로
남은 것은 남은 대로
서로 어깨를 기대고 있을 뿐이다.

그와 내가 즐겨 걸었던 숲속 오솔길도
함께 먹고 마시던 장미꽃 무늬 찻잔의 온기도
하늘도 바람도
이렇게 남아 아직도 기대어 두 손을 잡고 있지.
내가 그들을 보내지 않는 한
떠난 것들은 사라진 건 아니다.

잠들면 꿈속에서 만나 같이 웃고 울고
때론 사랑을 나누기도 하는데

그의 나이는 구백 살이고

나는 오백 살이라고
그는 나의 수호천사로 오늘도 함께 잠이 든다고
어젯밤, 깊은 잠 속에서 말했다.

세상에 새로운 것은 없다.
사이클을 그리며 돌개바람처럼
시간 속으로 오르고 돌아가는
영원의 시간표를 볼 줄 모를 뿐이라고
누군가 말하는 걸 들었다.

모래성

시인 정지용은
하늘의 성근 별이 알 수도 없는 모래성으로
말을 달리는 모습을
어찌 그리 벌써 알았었을까요?

이루지 못할 꿈을 꾸며
고단한 생의 등짐을 지고 걸어야 하는
아직도 오늘만을 알 뿐인 나를 이윽히 바라보네요.

높이 뛰어올라 보아도
그저 욕심의 벌레에 불과한 존재의 비천함에
고개 숙여 보는 하루치의 생을 풀어놓고
내일은 텃밭을 가꾸려 하네
늘어나는 수확량만큼 더 가난해지는 욕망은
오늘을 저당 잡히며 기진해
번번이 저녁밥을 놓치고 잠이 든다.

쥘수록 빠져나가는 오늘의 모래성
하오로 기운 삶이 내미는 손바닥에

비로소 자비라는 눈물방울이 고이네요.

해 기우는 줄 모르고 모래성 쌓기에 골몰하는
늙은 내 안의 어린아이를 꼬옥 안아본다.
따듯하다.

숨은 새들

눈 깜짝할 새
그 빽빽이 우거졌던 앞산 짙푸른 숲들이
헐렁해지더니 근심 모르던 태평성대도 무너지고 있다.

어느새
노랗게 빨갛게 뒷산 숲도 채색을 시작하더니
오늘 아침나절엔 차차 성근 대머리를 만들고 있다.

자고 새니
우수수 떨어지는 늙은 낙엽의 머리카락

이 세 마리 오리무중 새들은
소리도 형상도 집도 없고
시도 때도 없는데 어김없이 찾아들어
흑과 백을 가르고 계절도 생사도 가르고 있네요.

이 숨은 삼조三鳥는
아무리 날랜 검으로도 죽일 수가 없다니
또한 불태울 수도 없다네요.

현상금에 방을 붙여보아도 당연 소용없지요.
숨은 새에겐 속수무책입니다.

달의 집

살짝 시장기를 안고
집으로 돌아오는 한여름 저녁
마중 나온 저 달이 살고 있는 집이 어디인 줄을 알았다.

이른 저녁밥을 먹고 막 걸어 나온 열나흘 만월이
어떨 땐 반주로 한잔했는지
불콰한 얼굴
오늘은 깨끗한 물빛으로 부채를 들고
차창 정면에서 불쑥 고개를 들이민다.

저 대룡산 능선을 열고
분명 쓱 하고 얼굴을 내밀었으니
이 큰 산에는
하교하는 아들딸을 마중 나온 어머니처럼
활짝 두 팔을 펼친
오늘의 달님이 살고 있다.

이젠 어머니도 살아계시지 않아
귀가 길목의 저 달은

내겐 또 한 분의 어머니이다.

은밀한 유혹자

누군가 자꾸 부르는 듯
누가 밖에 찾아와 있는 듯해
현관문을 열고 밖으로 나와 본다.

그저 하늘에 달무리
나무들은 어둔산 그림자 속에서 침묵하고
누구도 찾아온 흔적이 없건만

봄밤이어서 인가
봄밤은 이런 것인지
세 번씩이나 마당으로 나오게 하는
은밀한 유혹자

이 가만한 설렘은 또 무엇이며
손잡을 수 없어 못내 서운한 마음은?

기다린 바 없건만 봄님은 이렇게 오는 모양이다.

4부

점말촌의 봄

봄의 도시 춘천
호수 뒷마을 서면은 사철 도원桃園이지.

점말촌 매화 축제 마당엔
오징어 듬뿍 두툼한 파전에 동동주 동 동
흐드러진 매화 꽃나무 가지 사이에서
폭죽처럼 터지는 하얀 미소, 무릉도원이다.

내 생애 이런 봄날
부서져 내리는 햇살과 꽃구름
젊지 않아도, 더 이상의 연인은 없어도 좋다 순간은 영
원이니까.

점말촌 흙으로 빚은
매화꽃 무늬 찻잔에 띄운 하얀 꽃 한 송이
거기 젖은 향기를 마시며 종일토록 꽃마을 봄 꿈속에서
지금 봄내 도원桃園은 잠들어 있다.
몽유夢遊 중이다.

번뇌

당간지주 그늘에 기대어
서성이며 찾고 살펴도
성큼 댓돌 위로 올라서던
파랗게 삭발한 춥고 시린 머리통
목이 긴 그 비구니는 보이지 않는다.

봄눈이 녹아 실핏줄로 흘러내리는 기척에
내 안의 그리움도 해토되어
하얗게 반짝이는 작은 물소리로 찰랑인다.
대웅전을 울리는
반야심경 독경 소리 뒤에 숨어
잠깐 수마睡魔에 이마를 조아리다가

지루한 마음
슬며시 앞마당 탑돌이 참배객 옆을 지나
요사채로 오르는 돌계단에 앉아본다.
어느새 해방된 민족이라고 제멋대로 춤추는
번뇌를 지우려
홀로 담배를 피워 문다.

간절곶

이곳에서 해가 떠야 한반도에 아침이 온다.

여기에서 해가 뜨지 않으면
어디에서도 해는 뜨지 못한다
간절해서 제일 먼저 해가 뜨는
간. 절. 곳.

내일이 있으니까 괜찮아
어마어마한 대형 소망우체국에서
나에게로 써 보내는
위로와 희망의 편지 한 통

하얀 등대에서 바라보는 솔숲과 저 바다
꼬불꼬불한 길을 따라 걸으면
들려주는 바다의 메시지
'먼저 부딪쳐라 파도처럼'
부딪치다 보면 젊으니까 내일은

삼백예순다섯 날 해는 어디에서나

변함없이 떠오르지만
아침이 오는 건
간절함의 질량이 다 차고 넘쳐야 된다고
간절곶이 해돋이 명소일 수밖에 없는 이유다.

내 생의 간절곶
그곳에 가면 나는 무릎 꿇고 무조건 간절해야 한다.

무너진 돌담

불을 피우기엔 조금 미안한
봄날 오후

텅 빈 버스에서 내리자마자
질척이는 빗줄기 속에
영 끝나버린 걸까
내 비밀한 연애는

우리가 꿈꾸던 그 많은 별들의 바탕은
하루하루 차곡자곡 쌓아 올린 돌담이었는데
스위치를 누르면 칠흑으로 사라지는
돌발 영상처럼 무너져

하루 온종일 구름이 무거운 날
외진 창가의 나무 한 그루
무너진 돌담을 바라보며
쓰디쓴 커피 한 잔과 흐르는 눈물

나만의 우물 속에서 출렁이던 별빛이

또 다른 이별의 기별이 될 줄을
그저 바라볼 수는 있겠지만
들어 올릴 수 없는 물속의 그림자처럼
끊어진 길이다.

이제 우리의 봄은 가버렸다.

달과 봄밤

라일락꽃이 지고
아카시 제 향기에 지쳐 스스로 저문
5월의 봄밤

하필 빗물 홈통 위에 지어놓은
안전도에 문제없다고 자신한 둥지가 헐리자
마른하늘 날벼락에 놀라 풍비박산 난 물까치 어미
알을 잃어 품지 못한 쓰라린 슬픔이 우두커니
어느 나뭇가지 사이에 숨어
새가슴을 달싹이며 눈을 감아보는 밤

꽃모종 심기에 오정이 훌쩍 지나고
혹시나 아닌 척 기다려도
엄마, 할머니~
왁자지껄 들이닥칠 것 같은 딸내미 손주 녀석들은 기척
없이
긴 하루가 저무는 봄밤

기다림을 접어 한 잔 오이 주스 냄새로 중천에 떠오른

흰 달 둥근 얼굴이 빙긋이 웃고 있다.
홀로된 어머니의 뒤척이는 잠자리
꿈길의 그리움을 받아 품에 안고
창문에 이마를 댄 고요한 달의 얼굴
그렇게 깊어진 밤

봄밤이 유정하다.

딸에게

너는 언제나 춥다고
폭설이 내리고 눈 속에 갇혀 쓸쓸하다고
따듯함이 그립다고 말해왔지.

내가 말했다.
너는 부패를 모르는 북풍의 딸이라고
빙벽에 도전하는 전사
이 밤엔 너와 함께 군밤을 구어 먹고 싶구나.
그러나 젊은 너는 썰매를 타고
매서운 바람의 길을 따라 달려 나가서

돌아올 때는
네가 돌아오는 날은

어느새 잠든 씨앗이
인고의 태중에서 싹이 트고
실개천이 깨어나 노래하는 봄
그 봄의 손을 잡고 오리니.

엄마가 믿는 나의 딸

너는 세상을 이겼구나.

아지랑이가 훈풍이 되어 뺨을 스치는구나.

겨울 방

이 겨울이 만만치 않게 추운 탓일까
오래전 러시아 여행 중 구경한
겨울궁전 붉은 비단 방이 생각난다.

화려한 복도에 걸려 있던 예카테리나 2세의 초상화
회색 비단 드레스 차림의 그녀는
불행으로 쌓인 기품과 아름다움으로
여행자의 마음을 찔렀었다.
이떨 수 없었던 여인이 슬픔이 네바 강물로 흐른 곳
겨울궁전

내게도 어쩌다보니
궁전은 아니지만 부실 공사로 겨울 방이 하나 생겼다.
요즘 부쩍 이방을 애용 중인데
식품들이 상하지 않고 생명이 길다
무 배추도 과일도 곰국도 안심이다.

그 때문만은 아니지만 방문을 열면
내 슬픔도 늙음도 제자리에 멈추어

그대로 보전될 것 같아서일까
이 겨울을 안도케 한다.
부패를 모르는 신선한 공기의 감촉이라니
냉정과 절제로 무장한 이 작은 방
내 겨울 방이 좋다.

6월 아침

미처 잠이 덜 깬 숲속 어딘가에서
줄기차게 울어대는 멧비둘기

무엇이 저리 서럽다고 이른 새벽부터
'나도~ 으윽' '나도~ 으으윽' 하고 운다.
뒤이어 한 떼의 물까치가 시찰하듯 날아와
테라스 탁자에 앉아 몇 차례 고개를 갸웃거리다 날아가고
풀밭에 내려와 종종대는 개개비들
아침이 열리고 있다.

기지개를 켜는 콧속으로
멀리서 밤꽃 향내가 스며들고
뽕나무 가지를 헤치며 까만 오디를 따먹는 아침

나는 이 녹색의 독재 시대가 좋다.
아주 좋다.
이 싯퍼런 권력이 오래갔으면 좋겠다.
너무 무성해서 짓무르기도 하겠지만

이렇게 짙 푸르르게 번성만 하는 세상엔
충분히 행복해야 할 권리와 의무가 있다고
꿀벌들이 잉잉대고 있다.

귀뚜라미

가까스로 살폿 잠이 들려는데
침대 밑에서 갑자기 들리는 우렁찬 울음
내 짧은 잠을 깨운 이유가 뭐냐고
약이 올라 일어나 앉았다.

순간 움찔 쥐 죽은 듯해
다시 잠을 청하려는데
더 큰소리로 더 길게 운다.

견딜 수 없어 전등불을 확 켜자
놀랐다며 튀어 오른다.
방문을 열어달라고 폴짝폴짝
화장실로 밀어 넣고 문을 닫았는데
꿈속에서 또 운 것 같다.

15층을 기어올라 감히 노크도 없이
안방을 침범한 사정을
나는 모른 체해버렸다.

아마도 귀뚜라미는 몇 겹을 넘어
나를 찾아온 어느 생인가
나를 버린 연인이었는지도
잠들 때마다
한동안 궁금했다.

도원 마을

어린 시절
목화밭 건너 행길 가엔 늘 붉은 흙먼지가 일었다.
복사꽃처럼 해사한 웃음 뒤에 서러움을 감춘
행랑어멈 춘길이 춘나 어미는 늘 가슴에 이슬이 맺혀
있었다.
꽃가루에 파묻힌 꿀벌처럼
늘 술통에 빠진 남편은 사철 눈이 풀린 채 살고 있었다.

연분홍 사과꽃이 꿈처럼 피어난 그날
나뭇단 대신 창꽃만 한 아름 꺾어 지게에 얹고
주천강변 언덕배기 따듯한 잔디밭에
춘길 아범은 잠들어 있었다.

복사꽃 길을 따라
오얏꽃 오솔길을 따라 누가 불러 그 길로 간 것일까
처자식을 남겨둔 채 다시 돌아오지 않았는데
청년이 되어도 꼼짝 않고 처박혀 손만 비비던 아들 춘
길이
봄이 오면 사나운 눈길로 동네를 배회하였는데

그도 아비를 찾아 쥐도 새도 모르게 사라졌다.

다음 해 봄인가
춘나 어미는 딸을 업고 강 건너 과수원집 홀아비 주인의
소실이 되어 복사꽃 구름 속에 숨어 살고 있었다.

그해 산촌의 봄날
내 유년의 마을은 무릉도원이었다.

간월암看月庵의 달

바다가 길을 열어주어야만
올 수 있는 간월암

떠난 줄 알았던 그대가
먼바다에서
끝없는 파도로 부서지며 돌아와
달빛 속 해풍의 노래로 흐른
아직도 그리운 시간이
간월도리 해수면 위를 떠돌며 만남을 기다리고 있다.

만공滿空의 하늘 아래
꿈꾸는 바다 위
그 사이에 떠 있는 저 달
삼라만상의 근원을 깨우친 선사의 죽비처럼
한생의 번뇌를 때리는데

고개를 한 번 끄덕이는 신호로
일제히 날아오르면
선두를 따라 일렬로 날아가는 기러기 떼

저기 모래성
적멸의 내민 손이 멀리 보인다.

녹색 반란

봄비가 몰고 온 초록이 밀려들어
나뭇잎들은 푸른 혁명의 깃발을 펄럭이고
완전한 독재를 꿈꾸고 있다.

하얀 찔레꽃 무리와
온 산 아카시 꽃송이들이 바람에 흔들리며
순교자의 결연한 얼굴빛을 띠고 있다.

꽃이 꽃은 공양하려 일어서는 녹색 반란
저 굶주린 신들의 음모를 누가 막을 수 있으랴
오월의 새파란 복심을 읽는 밤

해마다 다시 시작되는 녹색 전쟁의 서막
일찍부터 나온 초저녁 달빛이
날 선 보검을 숨긴 채
물끄러미 전세를 내려다보고 있다.

기운 달

봄밤
은하를 바라보며 뒤뜰 평상에 앉아
복사꽃밭을 그려본다.

쓸쓸한 마음
한없이 마셔보려던
단 술은 어느새 바닥이 나고
빈 술병이 먼저 취해
상 밑으로 굴러떨어진다.

나를 버리고 가는 사람
뒤따라 나가 매달리고 싶지만
돌아서 가는 긴 그림자
이미 기운 달과 같아
그만 서늘해진 새벽 방문을 닫는다.

난조의 노래

이렇게 이생을
떠날 수는 차마 없습니다

짝을 만나
가연을 맺어보지도 못한 채
꽃다운 이 나이
헛되이 보낸 가을 달밤과
꽃피는 봄날 여름과 겨울을
난조鸞鳥*로 떠나지 않게 하소서

부처께는 마땅히 자비지심이 있사온지라
이 촛불을 밝히는
간담과 창자가 찢어지는
가엾음을 불쌍히 보시고
가피지력을 내리소서
이생의 원과 한을 풀어주소서

이제 이 매듭을 푸오니 편히 잠들게 하소서
또다시 윤회의 바퀴에 실리지 않는

영원히 깨지 않을 잠 속에 들겠나이다.

* 불교 산해경 속에 나오는 채란, 오색의 무늬를 띤 여장산의 꿩처럼 생긴
  새. 금슬 좋은 이 새는 짝을 잃고 삼 년을 울지 않다가 거울에 비친 자기
  모습을 보고 슬피 울면서 하늘로 튀어 올라 죽었다는 고사가 전해진다.

우유 밥

진 사골국물처럼 뽀오얀 세상 어미들의 젖

반찬이 시원찮고
입맛이 최고로 없을 때
차갑거나 따듯하게
나는 우유에 잡곡밥을 말아 먹는다.

눈물이 지나가고
고독이 고요히 고여 들어도
어머니가 나를 살리려
내가 딸아이를 키우려
마지막 한 방울까지 아낌없이 짜내던
희열의 밥이어서
그보다 더 경건한 절대의지는 막을 수 없어서

이 밥을 찾게 되는지
하얀 그리움의 우유 밥
고소하고 향긋해요.

발문

우주로 통하는 뜰

전윤호 (시인)

정주연 시인은 춘천 시내에서 좀 떨어진 산중에 산다. 그의 집에는 강아지 한 마리와 그가 가꾸는 넓은 정원이 있다. 그리고 자신의 영토를 벗어나도 인간의 집보다는 나무와 새와 구름과 바람이 많다.

그의 하루 일과 대부분은 정원을 가꾸는 것이다. 애당초 산중으로 집을 정했을 때부터 그럴 생각이었을 것이다. 뜨거운 햇살 아래 호미를 들고 잡초와 싸우고, 이런 나무 저런 풀을 보면서 지나가는 세월을 되짚어본다. 그런데 일반적으로 생각하는 전원주택에서 정원을 가꾸는 일과는 좀 다른 부분들이 보인다. 이 정원은 그저 나무와 꽃이 자라는 곳만은 아닌 듯하다. 마치 무협지에 나오는 은둔 고수의 은거지처럼 각종 기관이 숨겨져 있어서 풀한 포기 잘못 건드리면 무시무시한 공격에 다칠 수도 있는 것이다. 시인의 언어도 지극히 평범하게 읽히다가도 어느 순간에 이르면 강한 살기를 보이기도 한다. 그저 평범해 보이는 묘사들에도 그런 날 선 부분들이 숨어 있다.

미처 잠이 덜 깬 숲속 어딘가에서
줄기차게 울어대는 멧비둘기

무엇이 저리 서럽다고 이른 새벽부터
'나도~ 욱욱' '나도~ 욱으욱' 하고 운다.
뒤이어 한 떼의 물까치가 시찰하듯 날아와
테라스 탁자에 앉아 몇 차례 고개를 갸웃거리다 날아가고
풀밭에 내려와 종종대는 개개비들
아침이 열리고 있다.

기지개를 켜는 콧속으로
멀리서 밤꽃 향내가 스며들고
뽕나무 가지를 헤치며 까만 오디를 따먹는 아침

나는 이 녹색의 독재 시대가 좋다.

아주 좋다.
이 싯퍼런 권력이 오래갔으면 좋겠다.
너무 무성해서 짓무르기도 하겠지만
―「6월 아침」 부분

초여름 사방을 뒤덮은 식물들을 보면서 독재란 단어가 올라온다. 독재라니 우리가 오래 상처받았던 바로 그 단어 독재라니! 세상을 지긋이 내려다보는 나이에 정원을 가꾸고 사는 이 시인이 사실은 온갖 살기를 감추고 있는 살수인지도 모르겠다. 이른 새벽부터 옥옥, 옥으옥 단발마처럼 울어대야 아침이 열린다는 말도 범상치 않다. 너무 무성해서 짓무르기는 하겠지만 이 싯퍼런 권력이 오래갔으면 좋겠다고 말한다. 이제 시들을 읽으면서 슬슬 마음의 준비를 해야겠다.

무심코 카드 내용을 읽다가 순간 오싹해지는 마음
무얼 이루려면
이윤을 위해서는
일용할 양식 값을 위해서는
이렇게 무서운 각오
혼을 걸어 연대해야 하는구나.

세상을 쉽게 보지 말라
산다는 건 매일매일 목숨을 거는 일임을
잠 깨우는 한 장 꽃무늬 경고문
나는 하찮게 이 조그만 카드를 쓰레기통에 넣었다.
—「감사 카드」 부분

내게도 어쩌다보니
궁전은 아니지만 부실 공사로 겨울 방이 하나 생겼다.
요즘 부쩍 이방을 애용 중인데
식품들이 상하지 않고 생명이 길다
무 배추도 과일도 곰국도 안심이다.

그 때문만은 아니지만 방문을 열면
내 슬픔도 늙음도 제자리에 멈추어
그대로 보전될 것 같아서일까
이 겨울을 안도케 한다.
부패를 모르는 신선한 공기의 감촉이라니
냉정과 절제로 무장한 이 작은 방
내 겨울 방이 좋다.
—「겨울 방」 부분

봄비가 몰고 온 초록이 밀려들어
나뭇잎들은 푸른 혁명의 깃발을 펄럭이고
완전한 독재를 꿈꾸고 있다.

하얀 찔레꽃 무리와
온 산 아카시 꽃송이들이 바람에 흔들리며
순교자의 결연한 얼굴빛을 띠고 있다.

꽃이 꽃을 공양하려 일어서는 녹색 반란
저 굶주린 신들의 음모를 누가 막을 수 있으랴
오월의 새파란 복심을 읽는 밤
— 「녹색 반란」 부분

　정원을 가꾸는 사람에게 겨울은 쉬는 때이지만 시인에게 겨울은 또 다른 작업의 시간이다. 가을이 지나가면 호미를 창고에 넣어두고, 곱게 차려입고 큰 가방 끌며 시인은 여행을 떠난다. 그 여행은 지구의 먼 나라를 가는 것일 수도 있고 기억의 어두운 골목을 찾아가는 길일 수도 있다. 냉정과 절제로 무장한 작은 방에서 가장 큰 일은 시를 쓰는 것이겠다. 시인에게 시는 또 하나의 매줘야 하는 뜰이다. 잠시만 한눈을 팔아도 무성해지는 잡념들과 웃자라는 관념들을 처리해야 한다. 그러므로 꽃을 보고 행복해

하는 시간보다는 꽃을 볼 때까지의 시간이 더욱더 길다.

시인에게 정원을 가꾸는 일은 거의 하루의 전부가 들어가는 작업이다. 어쩌면 시도 정원을 가꿀 수 없는 밤 시간이 되어서야 쓰는지도 모른다. 정원을 침범하는 잡초들과 열매를 쪼아먹는 새들과의 싸움에 대해 진지하게, 마치 그것이 세상의 가장 큰 문제인 양 말하고 어두운 밤에도 창밖에서 일어나는 나무와 새들의 동태에 신경을 쓰면서 시인의 일 년이 지나간다. 그렇다면 저 정원은 시인에게는 모든 것을 담고 있고 보여주는 마녀의 거울이 아닐까? 거울은 세상을 다 보여주지만 제일 먼저 가족들을 비춰 보인다.

시골집에 홀로 사는 늙은 어머니
툇마루에 나와 앉아 저녁밥을 드신다.

초승달이 떠 있으면
'애들이 바빠지려나?'
반달이 뜨면 반쯤 웃으시는데
아까부터 담장 밑 길냥이 녀석만
할머니 기색을 살피고 있다.

진종일 꽃모종 심기에 골몰했던 짧은 하루

벚꽃잎이 떨어져 하얀 골목길이 궁금해
서둘러 방문을 열어젖히면
어느새 달무리 진 만월이
지붕 위에서 늦은 저녁 밥상을 비추고 있다.
—「달밤」 부분

내가 말했다.
너는 부패를 모르는 북풍의 딸이라고
빙벽에 도전하는 전사
이 밤엔 너와 함께 군밤을 구어 먹고 싶구나.
그러나 젊은 너는 썰매를 타고
매서운 바람의 길을 따라 달려 나가서
—「딸에게」 부분

아마도 내가 이 집으로 이사를 오게 된 것은
이 나무의 부름이 아니었을까?
보호자가 없는 내 모습이 염려스럽다고
마당 끝 대문 도로변에서
늘 긴 팔을 너울대다가 눈이 마주치면 싱긋이 웃는
오고 가는 길손을, 온 동네를 다 품고 있다
내 남자
—「느티나무」 부분

요즘은 사람이 죽으면 나무 아래 묻는 수목장이 유행이다. 나무는 원래 신이니 그 아래로 들어가는 것은 당연한 일이다. 나무가 신이면 꽃도 신이고 그 나무 위에서 우는 새는 신의 전령이다. 그러니까 시인의 정원은 신전이다. 신전을 지키는 사람, 시인의 본모습이다.

시인은 산에서 도시를 내려다본다. 엄중한 신탁을 집행해야 하지만 신의 말이 너무 가혹해 바로 말할 자신은 없다. 그래서 에둘러 나무와 풀과 새들을 말한다. 풀 한 포기의 말을 무시하지 마라는 시인의 말은 조금씩 자라난다. 그러다가 순식간에 길을 덮고 도시를 점령할 것이다.

"지금 봄내 도원桃園은 잠들어 있다,/ 몽유夢遊 중이다."(「점말촌의 봄」 부분)

"나만의 우물 속에서 출렁이던 별빛이/ 또 다른 이별의 기별이 될 줄을/ 그저 바라볼 수는 있겠지만/ 들어 올릴 수 없는 물속의 그림자처럼/ 끊어진 길이다.// 이제 우리의 봄은 가버렸다."(「무너진 돌담」 부분)

무성한 말들이 바람에 날리는 계절이 온다. 언젠지 모르게 가을이 오더니 곧 겨울이다. 요즘 겨울은 길고 춥다. 시인의 뜰도 지금쯤은 마지막 단풍을 떨어뜨리고 있겠지. 돌봐야 할 나무들이 모두 쉬는 동안에 시인은 겨울 방에서 시를 쓴다. 아니 신의 목소리를 받아 적는다. 나는 시인이 자꾸 떠남과 마지막을 이야기하는 것이 두렵다. 지성소를 지키는 자는 인간들을 위해서 그 자리를 계속 지켜야 하니까. 좀 더 건강하고 좀 더 활기차게 겨울을 맞이하기를 바란다. 🔒

달아실 기획시집 39

체리 핑크 맘보

1판 1쇄 발행	2024년 11월 30일
지은이	정주연
발행인	윤미소
발행처	(주)달아실출판사
책임편집	박제영
디자인	전부다
법률자문	김용진, 이종건
기획위원	박정대, 이홍섭, 전윤호
편집위원	김선순, 이나래
주소	강원도 춘천시 춘천로 257, 2층
전화	033-241-7661
팩스	033-241-7662
이메일	dalasilmoongo@naver.com
출판등록	2016년 12월 30일 제494호

ⓒ 정주연, 2024
ISBN 979-11-7207-039-7 03810